La vérité sur

Judith D.

Pour Gabriel O'K.

www.actes-sud-jeunesse.fr

Éditeur : François Martin assisté de Jeanne Dumurgier
Direction artistique : Christel Fontes
Maquette : Marie-Thé Mejean

ISBN 978-2-330-20556-0
Loi 49-956 du 16 juillet 1949 sur les publications destinées à la jeunesse.

La vérité sur
Judith D.

ANNE VANTAL

Depuis mercredi dernier, je suis obsédée par Judith. Moi qui croyais l'avoir définitivement jetée aux oubliettes, je me trompais.

Le hasard l'a mise sur mon chemin. Alors que je feuilletais distraitement un programme TV dans la salle d'attente de mon dentiste, je suis tombée sur sa photo accompagnée d'une légende : "Judith D., invitée de l'émission *À cœur ouvert.*"

C'est étonnant : ces dernières années, je n'ai pas eu une pensée pour elle, et voilà qu'elle revient me hanter. C'est même paradoxal d'être parvenue à l'oublier presque, lorsque je songe à toutes les heures que j'ai passées autrefois à me demander qui elle était vraiment.

1

Je n'avais pas dix ans quand j'ai rencontré Judith. "Rencontré" : en réalité, le mot est plutôt mal choisi. Un jour elle était là, c'est tout.

Je fréquentais l'école primaire de la rue Blaise-Pascal et Stéphanie, notre institutrice de CMI, est restée dans mon souvenir mon enseignante préférée. L'année scolaire était commencée depuis plusieurs semaines. Peu après la récréation du matin, alors que nous achevions de corriger un exercice de conjugaison, Mme Leclerc, notre directrice, a fait irruption dans la classe. C'était une femme replète à la mine sévère, qui affichait en toutes circonstances un air renfrogné. Nous ne l'aimions certainement pas, et nous la craignions tous un peu. Mme Leclerc a laissé la porte entrouverte et s'est directement dirigée vers Stéphanie pour lui glisser quelques mots à l'oreille avec des airs de conspiratrice. Puis elle s'est tournée vers nous.

– Bonjour. Une nouvelle élève va rejoindre votre classe. Je vous demande de lui faire bon accueil et de l'aider à rattraper le retard.

Aussitôt, une vague de fébrilité a discrètement envahi la classe. Une nouvelle ? "Super !" ont pensé les filles ; "Bof..." se sont dit les garçons. Nous avons tous tendu le cou vers la porte.

– Entre ! a dit Mme Leclerc d'une voix forte.

– Bienvenue, a tout de même ajouté Stéphanie avec un sourire. Bonjour, Judith !

L'inconnue s'appelait donc Judith. Elle a fait quelques pas hésitants, et tout le monde l'a dévisagée avec curiosité. Nous étions en novembre, le froid venait d'arriver d'un coup, et nous avions tous sorti les vêtements d'hiver, les parkas et les grosses doudounes colorées. Dès son entrée dans la classe, Judith a semblé... décalée. Son manteau bleu foncé, d'un classicisme dépassé, fermé jusqu'au menton par de gros boutons, la faisait paraître gauche et raide.

J'ai entendu derrière mon dos une sorte de gloussement étouffé. Brian, sûrement. Ou Théo. Ils devaient trouver cette fille ridicule. À dire vrai, ils n'avaient pas entièrement tort : c'était même la première idée qui venait à l'esprit. Comme si nous étions pris en faute, nous avons tous baissé la tête pour dissimuler notre étonnement – ou notre envie de rire. Mme Leclerc est sortie en nous gratifiant d'un regard froid.

– Va t'asseoir, a dit gentiment Stéphanie. Il y a une place au troisième rang.

Judith a marché jusqu'à la chaise libre et s'est assise tranquillement sans s'occuper de nous. Je crois que cela nous a un peu vexés : elle ne nous a même pas regardés. Du coup, nous ne nous sommes pas privés de lui jeter quelques coups d'œil en coin. Même à nous, qui après tout n'étions que des enfants, elle paraissait un peu hors du temps.

– Allons, allons, a dit la maîtresse devant nos regards appuyés.

Elle aussi avait l'air déroutée par cette fille qui ne ressemblait à personne. Car tout était étrange chez Judith : son allure, ses vêtements, sa démarche, ses cheveux et même la forme de son visage. Ce qui d'emblée nous a frappés, tous, c'est son teint. Judith était pâle. Très pâle, même. J'étais assise à deux places d'elle, et je n'en finissais pas d'examiner discrètement sa peau diaphane qui laissait apparaître, sur les tempes, un fin réseau de veines bleues. Et ses cheveux ! Très longs, très lisses, sagement ramassés en queue de cheval, ils paraissaient presque blancs. Plus tard, j'ai pu constater que ses yeux aussi, d'un bleu liquide, étaient quasiment dénués de couleur.

Avec son front haut et ses yeux un peu trop écartés, elle avait la tête d'une héroïne de manga.

Judith avait-elle conscience de l'étonnement que provoquait son physique particulier ? Je n'en sais rien, elle n'en donnait pas l'impression. Elle avait l'air... loin de la réalité. Je me suis même demandé si elle n'était pas atteinte d'une déficience quelconque.

La maîtresse lui a apporté un cahier en lui demandant de venir la trouver à la fin du cours, elle lui expliquerait où nous en étions. Judith a sorti une trousse de son sac (pas un sac à dos comme nous en avions tous, mais un vrai cartable fermé par de grosses boucles métalliques) et a piqué du nez vers la table. Elle avait tout d'une petite fille sérieuse et appliquée. Même si quelque chose, dans sa façon d'être, laissait à penser qu'elle allait toujours rester un peu en dehors de tout ça. Depuis son entrée dans la salle de classe, elle ne nous avait accordé aucune attention. Tant bien que mal, nous avons essayé de nous concentrer sur la conjugaison de verbes irréguliers.

À l'heure du déjeuner, nous avons constaté que Judith ne restait pas à la cantine. Elle faisait sans doute partie des quelques privilégiés qui échappaient au hachis Parmentier et aux croquettes de poisson immangeables. Du coup, nous étions “entre nous” et les commentaires allaient bon train.

– Elle est trop bizarre ! a déclaré Emma.

– Trop cheloue !

– Et moche !

Et comme nous étions à court d'adjectifs, Clem a déclaré :

– Elle a l'air vieille, en plus.

Nous nous sommes toutes esclaffées.

– Vous croyez qu'elle va revenir cette après-midi ? a finalement demandé Léa.

C'était une drôle de question – mais qui ne semblait pas dénuée de sens. Tout, chez Judith, donnait l'impression qu'elle n'était que de passage. Mais elle est sagement revenue à treize heures trente et a repris sa place.

À la fin du premier jour, nous n'avions pas entendu le son de sa voix.

2

Les premiers temps, il n'a été question que d'elle, dans la cour de récréation. "T'as vu comme elle est blanche ?" disaient les filles. "T'as vu comme elle est moche ? On dirait un fantôme !" disaient les garçons. En réalité, Judith n'avait rien de moche. Elle était plutôt maigre et tout en longueur, avec ce visage de craie rayé de bleu qui faisait un peu peur, mais ses traits étaient fins et ses gestes gracieux. Elle souriait peu, ne faisait aucun bruit, répondait aux questions de Stéphanie sans hâte et sans enthousiasme. Une fille tranquille et sans aspérités, une fille qui n'allait chercher de noises à personne, une fille qui se faufilerait parmi les élèves sans laisser beaucoup de marques de sa présence.

Et pourtant… Dès que Judith avait le dos tourné, les questions fusaient.

– Pourquoi elle ne nous parle pas ?

– Elle vient d'où, tu crois ?

– C'est bizarre, non, d'arriver au mois de novembre ?

– Peut-être que sa famille vient d'emménager…

– Elle pourrait le dire, quand même !

– Trop contente d'elle…

– Ou bien elle s'est fait virer d'une autre école !

– C'est pas le genre…

C'était vrai : concernant Judith, on avait du mal à imaginer un renvoi. Elle paraissait bien trop raisonnable et rangée.

Ce qui nous surprenait le plus, et qui provoquait nos rires sous cape, c'était son accoutrement. Quand toutes les filles de la classe, sans exception, étaient vêtues de jeans et de sweat-shirts, Judith s'obstinait à arriver tous les matins habillée comme… comme ma grand-mère sur les photos de classe des années 1960. Une jupe, généralement bleu marine, qui couvrait les genoux, un pull beige ou bleu, des socquettes (quelle que soit la météo) et de vraies chaussures – pas des baskets comme les nôtres, mais de solides mocassins en cuir. Inutile de préciser que cette élégance d'une autre époque avait déchaîné les railleries – discrètes, certes, mais teintées d'un peu de condescendance. Les filles se moquaient entre elles de la nouvelle venue, en singeant sa démarche prudente et ses manières compassées ; les garçons lançaient parfois un commentaire destiné à la ridiculiser, mais l'absence de réaction de Judith les avait vite découragés. Au bout de quelques jours, on ne s'occupait déjà plus d'elle. On l'avait cataloguée comme hautaine, parce qu'elle parlait peu, et sans intérêt, parce qu'elle ne cherchait pas à se mêler à nous.

Cette indifférence – réelle ou feinte – avait tendance à m'agacer. Je rêvais d'établir un contact. Cela aurait eu des allures de victoire : Judith se présentait comme une forteresse imprenable. Alors, comment faire ? Je n'en finissais pas de tergiverser : je regardais Judith, je m'interrogeais en scrutant les petites veines qui palpitaient au bord de son front, j'étais curieuse d'elle – mais je ne voulais surtout pas perdre mes amies qui risquaient de trouver mon attention grotesque. J'étais tentée de faire un geste, de provoquer un rapprochement ; par précaution, j'en ai repoussé l'idée pendant plusieurs semaines.

Et puis, un jour de janvier, cela s'est fait – presque – naturellement. Je n'avais rien prémédité. Judith et moi avons été retenues quelques minutes de plus dans la classe, pour une raison que j'ai totalement oubliée ; en sortant, nous avons parcouru le couloir côte à côte, en silence, et nous nous sommes retrouvées ensemble sur le trottoir, les autres s'étaient déjà dispersés ; il ne restait plus autour de nous que quelques mamans venues chercher leurs enfants en CP et qui, malgré la température glaciale, s'étaient attardées devant l'école. Je me suis tournée vers Judith :

– Tu rentres par où ?

J'ai bien vu que ma question la mettait dans l'embarras, mais elle a courageusement ébauché un sourire avant de répondre :

– J'attends mon frère. Il n'est pas encore sorti.

Ah, ah… Judith avait donc un frère, dans la même école de surcroît. Voilà qui était nouveau pour moi, je ne les avais jamais vus ensemble dans la cour. Mais à mes yeux, pas question de laisser passer une occasion pareille.

– Il est dans quelle classe ?

La question avait beau être banale, elle n'a pas plu à Judith. Son visage s'est fermé davantage. Pour donner le change, elle a fait semblant de scruter l'entrée de l'école. Elle n'a rien répondu, elle n'aimait pas être interrogée. Même pour moi, qui étais encore très jeune et peu à même d'analyser les raisons d'une telle attitude, son refus était une évidence.

La curiosité est-elle vraiment un vilain défaut ? À mon insu, je m'étais laissée prendre au jeu : je voulais en savoir plus. Sans réfléchir, j'ai décidé de bousculer un peu les choses. Alors je me suis balancée d'un pied sur l'autre, en rabattant mon bonnet sur les oreilles parce qu'il faisait un froid terrible, et j'ai dit simplement :

– Je vais l'attendre avec toi.

Judith m'a regardée, elle avait recouvré son impassibilité. Je ne pourrais dire si ma proposition lui plaisait, l'ennuyait ou la laissait totalement indifférente. Elle a gardé le silence et, quelques minutes plus tard, son frère est apparu.

Peut-être est-ce ce petit garçon qui a raffermi ma décision : j'avais résolu de percer le mystère de Judith, et la vue de son frère renforçait encore, si c'était possible, mon envie de savoir. J'ai dû faire un effort pour masquer ma sidération. Car le garçon à peine plus jeune qu'elle paraissait être un clone de Judith : mêmes traits délicats, mêmes cheveux blond-blanc, même peau fine et transparente. Il portait son cartable sur le dos et avait enfoncé ses mains dans les poches. En me découvrant près de sa sœur, il a eu un sursaut et a levé les yeux vers moi, mais n'a pas prononcé un mot.

– Salut !

J'avais pris, à dessein, un ton enjoué.

– Tu t'appelles comment ?

Mais le garçon a baissé la tête. Il avait l'allure d'un jeune animal effrayé.

Judith a mis une main sur l'épaule du petit et fait un pas en avant.

– Bon, eh bien, à demain…, a-t-elle dit.

J'étais prise de court, je n'ai rien trouvé à répondre.

Tous les deux ont commencé à marcher vers l'avenue. Comme je prenais la même direction, j'ai couru pour les rattraper.

– Eh ! On part ensemble, c'est mon chemin…

C'était un peu artificiel, je leur forçais la main, j'en étais consciente mais je n'avais pas pu m'en empêcher. Nous avons remonté la rue, tous les trois de front. Je m'étais placée à côté de Judith et j'épiais par en dessous l'expression de son visage, m'attendant à lui trouver un air las ou fâché. Mais Judith ne montrait rien. Au carrefour, nous avons tous tourné à droite. J'ai tenté de faire démarrer la conversation.

– Vous aussi vous habitez par là ?

On ne m'a pas répondu. Et quand je suis arrivée à la hauteur de mon immeuble, j'ai dit au revoir, d'un air un peu peiné (car j'étais vexée, je l'avoue), et j'ai regardé s'éloigner les deux silhouettes côte à côte. Je ne connaissais même pas le prénom du garçon.

Cette première fois nous a toutefois rapprochées – un peu. Le matin, dans la cour, avant de monter en classe, Judith marchait parfois vers moi en me saluant d'une inclinaison de tête. J'étais fière d'être la seule personne de toute l'école avec qui elle prenait cette peine. Alors je demandais : “Tu vas bien ?”, et elle hochait la tête en étirant ses lèvres minces en un sourire un peu contraint. La sonnerie retentissait, nous nous mettions en rang – et je voyais bien que Judith était soulagée de voir la conversation tourner court.

Ce petit manège n’allait pas bien loin, mais il a duré pendant quelques mois. Autour de nous, les gens se contentaient de croire aux apparences. Stéphanie, notre maîtresse, s’était persuadée que Judith et moi étions devenues des amies et sans aucun doute cela la rassurait. Mes copines, elles, se moquaient souvent de mes efforts : “Comment ça se passe avec la Muette ?” me demandait-on – mais personne ne s’est détourné de moi. Les semaines ont défilé, et je n’ai rien appris de plus.

Judith était une fille totalement verrouillée.

3

Mon anniversaire tombe à la fin du mois de mars et, comme chaque année, j'avais été autorisée à inviter quelques copains et copines un samedi après-midi. Avec ma mère, nous avions préparé la liste des invités – Léa et Clem, mes meilleures amies, d'autres filles du groupe, et deux garçons que je connaissais depuis la maternelle et que j'aimais bien. J'avais prévu un petit carton pour Judith : je mettais beaucoup d'espoir dans ce bout de papier. Deux semaines avant la date, j'ai distribué mes invitations. Certains de mes camarades étaient venus à ma fête l'année précédente et ne cachaient pas leur satisfaction de figurer, cette année encore, sur ma liste ; d'autres étaient mécontents d'avoir été laissés de côté et s'efforçaient de le dissimuler sous un haussement d'épaules. Mais ma mère avait limité le nombre des invités et j'avais été forcée de me soumettre.

Lorsque j'ai tendu l'invitation à Judith, elle l'a lue attentivement et a remercié. Rien d'autre. Le lendemain, en arrivant à l'école, elle m'a expliqué qu'elle regrettait mais ne pourrait pas être présente. Elle l'a dit comme ça, en ayant l'air ni triste ni ennuyée, comme si, au fond, tout ça n'était guère sérieux, et elle n'a pas tenté de se justifier. Mais moi je me suis sentie trahie – et même un peu mortifiée. Je n'ai plus adressé la parole à Judith et, les jours suivants, je me suis volontairement tenue à l'écart. Rien n'avait jamais vraiment existé entre nous, notre amitié était mort-née.

Quelques semaines plus tard, pourtant, le désir de savoir m'a de nouveau démangée. J'ai repris les habitudes que j'avais abandonnées : m'approcher de Judith avant le début des cours et, l'air de rien, lâcher une question. Le lundi, surtout, concentrait mes chances. J'arrivais dans la cour de l'école, retrouvais Judith adossée, dans un angle, à un pilier du préau, je souriais et demandais sur le ton le plus banal possible : "Tu as passé un bon week-end ?" Je n'attendais pas spécialement de réponse – d'ailleurs, Judith ne m'en fournissait pas. Une ou deux fois, je l'ai sentie tentée de se dévoiler mais non : sa parole demeurait empêchée.

Jusqu'à cette matinée ensoleillée de printemps où, peut-être parce qu'elle avait décidé de se détendre un peu, peut-être parce qu'elle avait, sans s'en rendre compte, baissé la garde, elle a dit : "J'étais avec mes cousins." C'était une information banale et sans intérêt particulier, une phrase sans conséquence prononcée d'une voix timide – mais pour Judith, le pas franchi paraissait gigantesque. Ses joues blafardes se sont un peu colorées, j'ai vu qu'elle rougissait. Elle s'étonnait sans doute de sa propre hardiesse. Je n'ai pas eu le cœur d'insister. Après tout, on a le droit d'être farouche. Ou embarrassé. Ou secret.

Mais bien sûr, je suis revenue à la charge. Le lundi suivant, ma question s'était précisée :

– Alors, tu as revu tes cousins ? Ils habitent où ?

J'ai eu l'impression d'avoir proféré une énormité – mais Judith a répondu immédiatement.

– Quand il fait beau, on se voit au Bois. Tout le monde vient. C'est bien.

– T'en as combien, des cousins ?

La question a eu l'air d'amuser beaucoup Judith : elle m'a gratifiée de l'un de ses trop rares sourires.

– Oh ! Plein !

La sonnerie a retenti à ce moment-là.

Pour la première fois, Judith évoquait sa famille (à part son frère, bien sûr, dont elle n'avait jamais dit un mot : j'en avais conclu, sans doute un peu vite, qu'elle ne devait pas s'entendre du tout avec lui). Et bien entendu cela avait (re)piqué ma curiosité. Alors j'ai repris mes interrogatoires sans aucun scrupule.

Bribe par bribe, j'ai commencé à collecter les éléments dans l'espoir de reconstituer ce puzzle qui demeurait mystérieux. L'air de rien, j'écoutais, je mémorisais, je triais les informations que Judith distillait au compte-gouttes. Elle passait tous ses week-ends en famille, le plus souvent avec des cousins. Lorsqu'elle fut mise en confiance, il lui arriva de citer quelques prénoms : Jean-Baptiste, Thomas, Gabriel, Paul, Marie, Rachel, d'autres encore, que je ne parvenais jamais à situer dans l'arc-en-ciel de sa famille. Moi, j'ai une sœur et trois cousins en tout et pour tout, c'est facile. Judith, elle, paraissait les sortir d'un chapeau par dizaines. Elle avait donc dit vrai : autour d'elle gravitaient "plein de cousins". Avec eux, Judith semblait vivre comme une enfant de son âge ; elle évoquait des rires, des jeux de plein air, des courses poursuites et des goûters sur la pelouse – elle sortait de sa réserve coutumière, c'était un changement. Pour moi qui cherchais, depuis des mois, à comprendre qui était cette fille énigmatique, c'était une vraie surprise. Judith devait appartenir à un clan impénétrable qui l'isolait, mais elle n'en souffrait visiblement pas.

En juin, nous nous sommes souhaité de bonnes vacances et, à la rentrée suivante, Judith n'était plus là.

4

Je crois que, pendant quelques mois, j'ai oublié Judith. Elle n'avait jamais été une véritable amie, et elle avait disparu sans même me prévenir.

Pourtant je l'ai revue, l'année qui a suivi son départ de l'école. Le hasard nous a permis de nous croiser dans le parc du quartier. Et cette fois-là m'a laissé une impression de terrible malaise.

Enfant, je n'aimais pas beaucoup ce parc pourtant très fréquenté par les habitants des rues avoisinantes. J'y allais parfois avec ma sœur, mais seulement quand nous n'avions pas "mieux à faire". Nous étions toutes les deux plutôt sportives, et nous préférions fréquenter le circuit de roller un peu plus loin. Mais ce jour-là, le roller de Louise avait un problème, et nous avons dû nous contenter du petit parc, avec ses balançoires et ses toboggans pour les enfants les plus jeunes, et heureusement quelques tables de ping-pong disséminées sous les arbres.

Louise et moi sommes arrivées assez tard, il était presque quatre heures. Je ne sais pas pourquoi, j'ai vite cessé de jouer au ping-pong – pourtant l'une de mes activités préférées à l'époque – et je suis allée m'asseoir un peu plus loin, sur les marches en amphithéâtre où, d'ordinaire, se tiennent les mères de famille accompagnées de tout-petits. Et là, devant moi, près de l'aire de jeux des plus jeunes, j'ai vu passer Judith. Une Judith absolument conforme à ce qu'elle était l'année précédente, mais qui avait grandi de façon incontrôlée : cette fille-là paraissait avoir treize ou quatorze ans. J'étais, avouons-le, sidérée par cette brutale transformation.

J'ai crié : "Judith !" mais elle n'a pas tourné la tête. C'est à cet instant que ma propre tête s'est mise à tourner. Car il m'est apparu clairement que cette fille n'était pas Judith ; plutôt une sœur aînée, ou une de ses nombreuses cousines. Elle faisait partie de la famille, c'était certain. Mêmes traits délicats, même silhouette dégingandée, même teint confinant à la blancheur absolue, même cheveux filasse, trop lisses, trop longs et clairsemés, mêmes vêtements vieillots. La ressemblance était si frappante que j'en restai interdite.

Peut-être Judith était-elle tout près ? Tout de suite, j'ai rêvé de confronter les deux silhouettes. Juste pour être certaine. Ou parce que j'avais du mal à croire à une ressemblance si troublante. Je me suis mise à chercher Judith du regard.

Je n'ai pas tardé à éprouver une nouvelle surprise. Une surprise gênée, gênante, qui chez moi a suscité un vrai désarroi. Sur l'une des marches supérieures de l'amphithéâtre se tenait assise une femme encore jeune qui, sans aucun doute possible, appartenait au "clan de Judith". Une femme longue et anormalement mince, blonde et pâle, entourée d'une nuée d'enfants qui tous se ressemblaient comme seuls se ressemblent, en principe, les vrais jumeaux. Sauf qu'il ne s'agissait pas de jumeaux : toutes les tranches d'âge étaient représentées. La femme avait réuni le petit groupe autour d'elle pour distribuer un goûter. Elle tirait de son sac des tranches de gâteau qu'elle donnait tranquillement aux enfants, l'un après l'autre, avec un calme étonnant. Pas de cris dans cette famille, pas de bousculade, pas de protestations.

Autour d'elle, je comptai neuf enfants. L'aînée avait plusieurs années de plus que moi, le dernier était un bébé dans une poussette. Les cinq filles portaient la même jupe bleu marine. Tous les garçons étaient en short – le même short, court et démodé, qui découvrait haut des paires de cuisses grêles.

Judith se trouvait parmi eux, j'en étais certaine. Je ne pouvais détacher mon regard de cette étrange tribu.

Louise a tenté de me secouer, mais j'ai refusé de retourner jouer au ping-pong. Elle était furieuse et s'est brusquement levée pour repartir seule. J'ai attendu que le goûter se termine et que les enfants s'égaillent de nouveau sur les toboggans et dans les bacs à sable. La mère avait gardé près d'elle le plus jeune, solidement arrimé à sa poussette. Je me suis approchée du groupe et j'ai de nouveau crié : "Judith !" Et cette fois, la vraie Judith – qui n'avait pas outrageusement grandi depuis l'année précédente – s'est tournée vers moi. Elle a esquissé un sourire, rien de plus, mais j'étais déjà près d'elle. J'avais trop peur de la voir se détourner.

– Salut ! Tu vas bien ? Je croyais que t'avais quitté le quartier…

– J'ai seulement changé d'école.

Judith me regardait avec ses yeux liquides qui n'exprimaient rien. Je suis tout de suite revenue à la charge :

– Viens t'asseoir, tu me raconteras ce que tu fais maintenant !

Là, j'ai vu Judith hésiter en lançant un regard inquiet en direction des gradins de l'amphithéâtre. Peut-être pensait-elle qu'il était déjà tard. Peut-être avait-elle des scrupules et ne voulait-elle pas trop s'éloigner des siens. Ou peut-être, tout simplement, n'en avait-elle aucune envie. De toute façon, elle n'a pas eu vraiment le choix : on l'appelait. Judith m'a fait un petit signe de tête, en désignant du menton sa mère qui se levait et commençait à rassembler ses affaires.

– Judith !

La mère de famille n'avait pas crié, mais encore aujourd'hui je me souviens que le ton de sa voix était impérieux.

– Je dois y aller.

– Attends ! On pourrait se revoir ! Tu viens souvent ici ?

– Oh, pas souvent, non. Désolée.

Et elle m'a carrément tourné le dos, me laissant déconcertée (et comme autrefois un peu fâchée). Elle ne s'est pas retournée.

Les frères et sœurs de Judith ont commencé à se regrouper autour de leur mère, au pied des marches. Tous bien en ordre. Tous obéissant sans rechigner. Même cela m'a étonnée.

À ce moment-là, un ballon a échappé des mains d'un des garçons. Il a roulé sur le chemin en pente dans ma direction. J'ai vu l'un des jeunes frères de Judith se précipiter pour le rattraper. C'était, je crois (mais je n'en étais pas certaine), le garçon qui avait fréquenté la même école que nous l'année précédente. Le ballon roulait vers moi en prenant de la vitesse ; le garçon courait derrière maladroitement, ses petites jambes maigrichonnes s'agitaient de façon saccadée. Je me rappelle bien sa gaucherie et sa balourdise tandis qu'il s'approchait – je me suis demandé s'il n'avait pas un léger handicap, un problème de motricité peut-être.

Le ballon s'était immobilisé à mes pieds mais je n'ai pas fait un geste. Je n'avais aucun désir de venir en aide à cette famille qui – c'est du moins ce que je ressentais à ce moment-là – ne voulait rien avoir à faire avec moi. Le petit garçon s'est arrêté à un mètre, il devait attendre que je renvoie la balle. Je n'ai pas bougé. Il est devenu très rouge, le visage crispé, et j'aurais juré qu'il s'était mis à trembler. Finalement il s'est penché, a sorti très vite sa main de la poche et a saisi son ballon sans me regarder. Puis il a filé rejoindre sa famille. Sa mère était mécontente, c'était évident, elle le réprimandait sans ménagement.

Je comprenais maintenant pourquoi – et j'étais pétrifiée. La mère ne voulait pas qu'on observe son fils de trop près. Mais moi, j'avais eu le temps de voir la main difforme qu'il tenait bien cachée au fond de sa poche : elle portait six doigts.

Plus tard, j'ai essayé d'oublier cette rencontre au parc, mais bien sûr cela ne s'oublie pas facilement. Je me souviens d'avoir posé des questions à mes parents sur les anomalies physiques. Surtout, je ne parvenais pas à chasser de mon esprit la vision répugnante de ce doigt supplémentaire poussé un peu de guingois, sur le côté, et malgré moi j'en éprouvais un immense dégoût. J'en ai même fait quelques cauchemars.

L'année scolaire s'est terminée, je suis entrée au collège, sans jamais avoir revu Judith ou l'un des membres de sa famille. En arrivant en sixième, je ne connaissais presque personne ; Clem et Léa fréquentaient un autre établissement et j'avais perdu le contact avec la plupart de mes anciens condisciples.

Bien sûr, je me suis fait de nouveaux amis. Et en troisième j'ai eu la surprise de retrouver Judith – dans la classe voisine. Comme moi, elle avait grandi et son corps s'était transformé, mais elle restait égale à elle-même et n'avait pas modifié son choix de vêtements. Je lui ai fait un petit signe de loin sans chercher à renouer le contact : elle avait cessé de m'intéresser.

5

Étonnamment, c'est Judith qui la première est revenue vers moi, un matin où nous avions toutes deux un peu d'avance et patientions sur le trottoir jusqu'à l'ouverture des portes. Elle avait conservé son indéchiffrable sourire mais avait perdu un peu de sa timidité – ou de ce que je considérais comme de la timidité. Et nous avons recommencé à nous fréquenter. Oh, pas comme des amies intimes, mais tout de même : il nous arrivait assez souvent de faire ensemble le trajet jusqu'au collège, elle n'avait pas déménagé, moi non plus. Elle me paraissait moins fuyante, elle acceptait d'échanger quelques phrases et avait cessé de rougir à la première question. Nous parlions peu, et toujours de sujets futiles – j'avais cessé de m'intéresser à ses secrets.

Tout a basculé un jour à cause du prof d'espagnol – nos deux classes, celle de Judith et la mienne, étaient rassemblées pour les cours de seconde langue, c'était le seul moment de la semaine où notre emploi du temps se confondait. Un surveillant est venu nous prévenir : le prof était malade, le cours du mardi après-midi ne pouvait avoir lieu, nous allions sortir une heure plus tôt. Nous avions du mal à cacher notre euphorie. Nous avons rassemblé nos affaires et sommes sortis de la classe dans un joyeux brouhaha. Nous nous sommes tous dirigés vers l'escalier qui menait à la sortie. Judith m'a fait un petit signe et a tourné les talons.

– Eh ! Judith ! Tu ne viens pas ?

– Je vais attendre en permanence.

J'ai rebroussé chemin pour la rattraper. Je trouvais stupide de patienter une heure de plus au collège.

– Écoute, ai-je dit, si tu n'as pas envie de rentrer chez toi, je comprends. Mais viens à la maison, il n'y a personne à cette heure-ci.

J'ai bien vu qu'elle hésitait. Alors j'ai insisté :

– Qui le saura ? Tu seras rentrée à l'heure habituelle, personne ne remarquera quoi que ce soit.

Pour faire bonne mesure, j'ai ajouté :

– Eh ! On ne fait rien de mal !

Judith a donc cédé à la tentation. Elle a fait demi-tour vers la sortie. Elle m'a même souri, et je me suis dit que, pour une fois, son sourire était sincère. J'étais certaine d'avoir remporté une grande victoire. Nous sommes restées silencieuses sur le chemin. À chaque instant, je m'attendais à la voir renoncer et me fausser compagnie. Mais non.

J'ai glissé la clé dans la serrure de l'appartement en masquant mon air de triomphe, mais c'est exactement ce que je ressentais : la satisfaction d'un conquérant qui considère son adversaire comme définitivement vaincu. Et il est vrai que cette première heure passée chez moi a indiscutablement constitué un tournant.

J'ai fait visiter les lieux à Judith, qui s'est abstenue de tout commentaire. Mais j'ai bien vu ses yeux brillants devant l'ordinateur dans ma chambre. J'étais certaine qu'elle n'en possédait pas. Elle a accepté un verre d'eau pétillante et s'est tout de même hasardée à poser une question. Elle désirait savoir à qui servait le petit bureau près de la chambre de mes parents. C'était une pièce de dimensions modestes, contiguë à la chambre, et dont tous les murs étaient tapissés d'étagères pleines de livres. J'ai fourni de bon cœur le renseignement : ma mère est enseignante, c'est là qu'elle prépare ses cours et corrige ses copies. Au bout d'une heure, très exactement, Judith s'est levée, m'a remerciée et est repartie.

Cette fois-là a été suivie de beaucoup d'autres. Chaque fois qu'elle en avait l'occasion, Judith volait un moment avec moi. Mais elle respectait scrupuleusement les apparences : à moins de croiser sa mère en quittant mon immeuble, elle était tranquille, personne n'apprendrait jamais qu'elle ne se trouvait pas au collège. J'ignore si elle en avait vraiment conscience, mais elle était entrée dans l'ère du mensonge.

Petit à petit, Judith s'est détendue. J'ai repris mon enquête pour recueillir des bribes d'information sur cette famille qui n'en finissait pas de m'étonner. Le père de Judith était ébéniste. Je n'avais jamais entendu ce mot, elle a dû me l'expliquer. Il était, d'après sa fille, un artisan doué, comme l'avaient été avant lui tous ses ancêtres. Le travail du bois constituait une tradition familiale et un réel savoir-faire. Judith a même ajouté des précisions : son père fabriquait surtout des portes d'entrée sur mesure pour les résidences secondaires huppées – des portes sculptées, à motifs ou en marqueterie (encore un mot dont j'ignorais la signification, et Judith s'est empressée de m'éclairer). Chaque matin, il partait à vélo pour rejoindre son atelier en banlieue, où il travaillait avec trois de ses frères. La mère, elle, était femme au foyer : cela ne m'a pas étonnée, elle avait sûrement fort à faire avec sa nombreuse progéniture (je ne me rappelais que trop bien la rencontre au parc, des années plus tôt).

Le rythme des visites de Judith s'est peu à peu accéléré, et je me suis enhardie. Je n'hésitais plus à poser des questions, auxquelles elle répondait parfois. Je finis par découvrir que, chez elle, on comptait douze enfants. Pour moi, c'était phénoménal. Mais quand j'ai exprimé ma stupéfaction, Judith s'est contentée de dire avec un haussement d'épaules : "Oh, chez nous, c'est normal. Ma tante en a dix-sept." Je n'ai rien trouvé à répondre.

Judith se dévoilait un peu. Mais je n'ai pas tardé à me rendre compte que cette aisance apparente masquait mal un décalage abyssal : le mode de vie de cette famille n'avait rien à voir avec le mien – ni d'ailleurs avec celui de qui que ce soit autour de moi. Bien entendu, Judith ne possédait pas de téléphone portable. Elle n'avait pas la moindre idée du fonctionnement d'un tel objet, qu'elle observait pourtant depuis des années entre les mains de tous ses condisciples. Mais elle ne s'en était jamais approchée.

Même les contacts avec le collège étaient biaisés pour elle. Les relations entre élèves et professeurs passaient régulièrement par internet : on nous prévenait d'une absence, on nous envoyait le sujet d'un devoir, on nous informait d'un changement. Mais Judith ne possédait pas d'adresse personnelle. Quand je lui demandai comment elle se débrouillait, elle m'avoua que l'ordinateur, chez elle, était familial : tous se partageaient une unique adresse mail, seul ses parents y avaient accès, et toute communication avec l'extérieur passait par eux. Un seul compte pour quatorze personnes ? J'étais effarée. Je pensais que, chez n'importe qui, on aurait vite saturé la messagerie avec un tel nombre d'enfants, mais visiblement ce n'était pas le cas chez Judith : il n'était jamais question de courrier personnel.

Nos conversations me laissaient souvent médusée. Cette fille demeurait à mes yeux une exception, un être tout à fait hors norme, bien qu'elle se décrispât peu à peu. Son ignorance me stupéfiait : elle ne possédait aucun des codes que nous partagions tous. Elle n'allait pas sur les réseaux sociaux parce qu'elle n'avait pas de portable. Elle n'avait jamais entendu parler de Facebook ou de TikTok et ne connaissait pas le sens du mot "influenceur". Elle n'avait jamais lu de manga ou de BD et n'était familière d'aucun des héros de nos séries favorites : chez elle, il n'y avait pas de télévision et l'unique ordinateur était contrôlé par le chef de famille, qui seul en connaissait le mot de passe. Sa mère possédait bien une petite radio qui lui tenait compagnie dans la cuisine, mais elle ne l'écoutait qu'une heure par jour, au moment de la préparation des repas ; cela ne constituait pas vraiment une distraction : chez Judith on n'écoutait que de la musique classique, et on se tenait éloigné de toutes les chaînes d'information. Judith n'avait aucune idée des affaires du monde, ses connaissances étaient strictement limitées à la vie scolaire. Elle n'achetait rien, ne rêvait de rien et n'avait jamais choisi le moindre vêtement, dans son milieu tout le monde s'habillait pareil – d'ailleurs, la question vestimentaire ne l'intéressait pas, au contraire de toutes mes autres amies.

J'étais abasourdie, c'est vrai, mais aussi amusée par cette éducation saugrenue. Je ne trouvais pas grand-chose à y redire, mais cela me fournissait un bon sujet de raillerie : je ne me privais pas de parler de Judith à mes parents, par exemple, et je maniais l'ironie sans le moindre scrupule. Seule ma mère m'avait quelquefois mise en garde : elle ne trouvait rien de drôle dans tout ça. Je me souviens d'un jour où, agacée par mes moqueries, elle avait pris la défense des parents de Judith, qu'elle ne connaissait pas :

– C'est sans doute une famille très attachée à ses traditions. Ou bien leur mode de vie est dicté par une croyance religieuse. En tout cas, ça ne te regarde pas.

Mais moi, j'avais quatorze ans, et je frétillais à l'idée de la transgression. Au début, quand Judith me faisait ce genre de confidences (distillées peu à peu, sans hâte, au fil des moments que nous parvenions à sauver dans un emploi du temps évidemment très chargé), j'avais vraiment envie de rire : Judith vivait au Moyen Âge.

Mais il ne me déplaisait pas de jouer les Pygmalion. Alors j'ai décidé de prendre les choses en main. J'avais résolu de sortir Judith de son cocon. Oh, je m'y suis prise habilement ! J'ai réfléchi, et j'ai avancé mes pions tout doucement.

J'ai d'abord fait découvrir à Judith l'utilisation d'un téléphone portable. Elle avait eu mille occasions de nous voir tous pianoter avec entrain, mais elle n'en avait jamais tenu un dans la main. Elle a rougi lorsqu'elle a pris le mien entre ses doigts – peut-être avait-elle honte de sa propre hardiesse. Nous avons ri ensemble devant quelques vidéos comiques – Judith était émerveillée devant cette technologie dont elle n'avait jamais soupçonné le fonctionnement. Puis je l'ai aidée à créer une boîte mail : nous comprenions l'une et l'autre que je resterais l'unique contact de cette messagerie, mais c'était un début. En cas d'urgence, elle pourrait toujours se connecter depuis le CDI du collège, lui ai-je affirmé. Il lui suffisait de mémoriser mon adresse, c'était tout simple. Je lui ai expliqué comment surfer sur internet et comment, en cas de nécessité, effacer ses traces.

Les lacunes de Judith étaient colossales. Je ne comprenais même pas comment elle avait pu arriver jusqu'en classe de troisième sans que son ignorance, dans tous les domaines, ait été démasquée. Elle n'avait pas la moindre opinion politique, ses parents ne votaient pas, à peine connaissait-elle le nom du Premier ministre. Elle n'avait jamais mis les pieds dans un cinéma, encore moins dans un théâtre ou une salle de concert. Elle n'avait pas appris à nager et ses parents avaient fait établir un certificat médical de complaisance qui la dispensait des séances de natation obligatoires. Elle participait aux cours de sport mais n'en pratiquait aucun à titre personnel. Ses lectures, en dehors des livres que nous devions étudier dans un cadre scolaire, étaient quasiment inexistantes : chez elle on évitait cette activité jugée nocive. Ses deux sœurs aînées, à peine plus âgées qu'elle, étaient déjà mariées, et l'une d'elles s'apprêtait à devenir maman.

J'ai encouragé Judith dans la voie de la désobéissance. Car il s'agissait bien de ça : chez elle, m'avait-elle dit sobrement, on était "strict".

Judith pourtant ne se livrait pas entièrement. Elle conservait, en dépit de tout, une forme de réserve qui m'exaspérait un peu. Par exemple, elle refusait de me donner son adresse exacte. Sans doute craignait-elle une visite impromptue, ou même un scandale.

Me rappelant la réflexion de ma mère, je lui demandai un jour, à brûle-pourpoint, si elle croyait en Dieu.

– Bien sûr ! a-t-elle répondu vivement. Pas toi ?

Mais la conversation s'est arrêtée là.

Une ou deux fois, j'ai songé à filer Judith à la manière d'un inspecteur de police, mais j'ai assez vite renoncé : après tout, je me fichais bien de savoir où habitait cette famille. Pour moi, ces gens-là étaient fous à lier, et si la fréquentation de Judith me semblait sans risque, je n'avais aucune intention de me rapprocher de ces tenants d'une autre époque.

6

Je n'ai pas oublié une après-midi de mai, cette année-là. Nous étions censés, tous, réviser notre brevet. Judith avait sans doute menti en déclarant qu'elle resterait au collège après le dernier cours. Nous nous sommes retrouvées à la sortie et sommes rentrées chez moi dès le milieu de l'après-midi. Nous étions toutes deux de fort bonne humeur : parce que la fin de l'année scolaire approchait, parce qu'il faisait beau et que nous étions deux ados simplement contentes d'être ensemble. Nous avons dévoré les petits gâteaux que ma mère rangeait dans le placard de la cuisine ; nous nous sommes tordues de rire en visionnant la vidéo d'un humoriste célèbre. Nous étions assises côte à côte, nos deux têtes se touchaient presque, nous gloussions comme deux adolescentes ordinaires. Et puis j'ai eu une idée.

– T'as pas envie de te déguiser ? Oh, dis oui, ce sera drôle. Je ferai des photos sur mon portable.

Judith a d'abord refusé tout net. Elle ne voulait pas s'habiller différemment, encore moins se laisser photographier. Mais j'ai insisté. J'ai trouvé les mots. Elle a cédé.

– Attends un peu ! On va faire comme dans les magazines : une photo avant, une photo après.

Je ne lui ai pas laissé le temps de répliquer et j'ai déclenché, immortalisant une Judith aux joues rosies par son embarras. Je la revois s'emparer d'une robe que ma mère venait de m'offrir. Une robe d'été sans chichis, mais qui laissait les épaules nues.

– Allez ! Va l'enfiler, ai-je dit en poussant Judith dans la salle de bains. Tu ne veux pas savoir comment elle te va ?

Elle est partie se changer à contrecœur. Je sentais qu'elle était tentée, et j'avais bon espoir que le jeu, finalement, lui plaise. Au bout de quelques minutes, j'ai frappé.

– Alors ?

Elle a entrebâillé la porte, je n'ai vu d'abord que son visage, aussi blême qu'à l'accoutumée. Elle paraissait affreusement gênée. Très lentement, elle est sortie et a fait quelques pas. La robe était un peu trop grande pour elle : Judith était restée maigre, et le vêtement flottait autour de sa taille. Mais les couleurs vives de l'imprimé, qui auraient pu accentuer la pâleur des joues, au contraire mettaient en valeur l'éclat de ses yeux clairs.

Dans ce vêtement, Judith paraissait plus gauche que jamais. Elle avait croisé les bras pour essayer de cacher ses épaules nues et gardait les yeux baissés. Mais moi, j'étais médusée devant la transformation. Il restait beaucoup à faire pour que cette fille abandonne sa raideur, mais je constatai qu'elle pouvait être ravissante.

– Laisse-toi faire, ai-je ajouté d'un ton sans réplique. Je vais arranger ça.

J'ai ôté les mains de Judith de ses épaules et l'ai forcée à se tenir droite ; je lui ai enjoint de tourner la tête et de regarder droit devant elle ; j'ai relevé ses cheveux en une sorte de chignon lâche que j'ai attaché avec un ruban rose vif. Je n'ai pas osé aller plus loin : il m'arrivait de piquer un peu de maquillage dans la trousse de ma mère, mais je ne voulais pas effrayer mon modèle.

Lorsque j'ai eu terminé, j'ai poussé Judith devant le grand miroir de l'entrée. J'avoue avoir éprouvé, à ce moment-là, une certaine anxiété : allait-elle se mettre à hurler comme si je l'avais définitivement défigurée ? Au lieu de cela, elle a tranquillement étudié son image dans la glace. Un sourire, vague d'abord, puis de plus en plus large, a éclairé son visage.

– Ça te change, non ?

Sans lui demander son autorisation, j'ai placé Judith en pleine lumière et j'ai attrapé mon portable. Elle n'a pas protesté. J'ai fait une vidéo de deux minutes en tournant autour de la nouvelle Judith. Nous l'avons regardée ensemble. Nous étions sidérées – et, je crois, heureuses.

Judith a fini par reprendre ses propres vêtements. Elle est partie à l'heure voulue, il n'était pas question d'être en retard. Et bien entendu j'ai juré de détruire la vidéo le soir même.

J'ai vu Judith pour la dernière fois il y a cinq ans, le jour des résultats du brevet. Je ne sais même pas si ensuite elle a fréquenté un lycée ou s'est contentée d'une formation courte en attendant, comme ses aînées, le jour de ses seize ans pour mettre fin à sa scolarité. Peut-être est-elle aujourd'hui mariée et mère de famille.

Si c'est le cas, je n'en sais rien : je n'ai plus jamais entendu parler de Judith et j'ai complètement cessé de penser à elle.

7

Mais depuis mercredi dernier, je suis obsédée par Judith. Je croyais l'avoir définitivement jetée aux oubliettes. Je me trompais. Le hasard l'a mise sur mon chemin : je suis tombée sur sa photo dans un programme TV que je feuilletais distraitement dans la salle d'attente de mon dentiste.

Depuis la fin de l'épidémie, les magazines refont surface dans les cabinets médicaux – mais leur présence paraît plus discrète : on se contente de recycler quelques hebdomadaires déjà lus ou sans grand intérêt. Faute de mieux, pour tromper mon angoisse, j'ai ouvert la revue, alors que je ne regarde jamais la télévision. Et là, sous mes yeux, à la page de vendredi, s'étalait un portrait de Judith. C'était une vignette un peu floue, j'ai cru d'abord à une simple ressemblance. Mais juste en dessous figurait une légende : "Judith D., invitée de l'émission *À cœur ouvert*." C'est à ce moment-là que le docteur Hahn m'a invitée à le suivre, et j'ai posé le programme TV à regret. Je crois même que j'étais sous le choc.

Cette découverte a aiguisé ma curiosité. Ma molaire me faisait souffrir, mais dès que je suis rentrée j'ai fait une petite enquête sur cette émission dont je n'avais jamais entendu parler. J'avais imaginé un truc de téléréalité complètement insipide mais, non, apparemment ce programme bénéficie d'une image plutôt correcte. Chaque émission porte sur un thème de société. Des invités – spécialistes du sujet et citoyens ordinaires – viennent discuter devant la caméra pendant une petite heure, sous la conduite d'un animateur.

Depuis mercredi, Judith ne m'a pas quittée. Judith Delalande (en un seul mot) est certainement la personne la plus fascinante et la plus étrange que j'aie jamais rencontrée. Il est vrai que je n'ai que dix-neuf ans – le même âge qu'elle – et que l'avenir me réserve peut-être des surprises bien plus grandes. Les souvenirs d'elle affluent avec une netteté surprenante, et j'ai hâte d'entendre mon ancienne camarade de classe s'exprimer à l'antenne. C'est une impatience que je m'explique mal.

L'émission doit commencer dans quelques minutes. Je m'y suis préparée. J'ai sorti mon vieux portable d'un tiroir et l'ai rechargé. Je suis sûre qu'il contient encore des images de Judith. Car je n'ai pas tenu ma promesse : je n'ai jamais effacé ce que j'avais juré de détruire. Là, les voici : une photo de la Judith de tous les jours et, tout de suite après, une vidéo de la même fille relookée par mes soins. Sur l'image fixe, on devine une jeune fille timide, gênée, honteuse presque devant l'idée d'une transgression. Que craignait-elle à ce moment-là ? Ses parents ? Une punition divine ? Ou un changement trop soudain et trop voyant pour elle ? Je retrouve le visage exsangue, les lèvres bleutées, le sourire figé et les cheveux trop fins. Le temps a passé, mon regard a changé : j'éprouve aujourd'hui une certaine compassion pour cette jeune fille apeurée. Pourtant la vidéo qui suit n'a rien de dramatique : Judith tourne sur elle-même devant l'objectif, gênée d'abord, rieuse ensuite. Ce sont des images banales et plutôt joyeuses. Peut-être les seules, dans ces années-là, qui ne soient pas contaminées par le trouble, le malaise, la timidité ou l'embarras qui caractérisaient Judith.

À cœur ouvert va commencer dans quelques minutes. Je m'interroge sur le titre de l'émission. Les invités viennent-ils vraiment se mettre à nu ? L'attente me semble longue. Je sais pourquoi, bien sûr : parce que cette fille m'a fascinée pendant des mois, et que je ne sais plus rien de sa vie. Judith prête à témoigner sur un plateau de télévision ? L'idée me paraît absurde, au moins déplacée. Malgré moi je la revois, petite fille timide, soucieuse de se faire oublier dans la classe ; ou plus tard, jeune fille sans consistance, ignorante du monde et tenue à l'écart de tout.

Allongée sur mon lit, je pense à elle. Surtout je pense à nous – à ce qui nous a liées, ou pas, pendant plusieurs années. Et je viens de comprendre quelque chose : dans mon souvenir, Judith n'existe pas en tant que personne. Elle ne prend vie que dans sa relation avec moi. Je serais bien en peine de faire un portrait d'elle. Tout au plus puis-je me rappeler quelques-unes de nos discussions. Et puis bien sûr cette atmosphère de mystère qui l'entourait. Je me rappelle surtout les interrogations que l'attitude de Judith a suscitées chez moi.

D'une certaine façon, peu importe Judith : ce qui a compté, c'est Judith ET moi. Judith avec moi – non, pas "avec", mais "à côté de" moi. Notre relation (j'appelle ça comme ça, faute de mieux), qui s'est étendue sur plusieurs années, n'était constituée ni d'hostilité ni d'amitié. Encore moins d'affection ou d'amour. Sans doute ai-je rêvé de devenir son guide, dans une sorte d'éveil au monde : de ma part c'était seulement ambitieux, égoïste et prétentieux.

Judith et moi : s'il fallait représenter ce qui nous a reliées l'une à l'autre, nous devrions, je crois, dessiner une ligne brisée – jusqu'à l'infini.

8

Peu avant vingt et une heures, je me suis calée devant mon ordinateur pour regarder *À cœur ouvert* en direct. J'ai subi de longues minutes de publicité, j'avais du mal à faire taire mon impatience, mes battements de cœur s'étaient accélérés. Je guettais l'apparition de Judith. Enfin, enfin, le générique de l'émission a remplacé la pub. La caméra a filmé une vue d'ensemble du plateau : un animateur entouré de cinq personnes – trois hommes, deux femmes. Et au milieu de cette assemblée de costumes sombres, une tache de couleur éclatante : Judith.

J'en suis restée le souffle coupé. J'ignore ce que j'attendais, au fond, mais je n'ai pu me défendre d'un sursaut lorsque j'ai vu cette fille vêtue d'un pantalon noir et d'une chemise rouge sang. Nous étions loin de l'accoutrement d'autrefois ! Avec ses cheveux coupés au carré, Judith avait gagné en personnalité. Elle n'était pas spécialement jolie, mais je la trouvais attirante. Originale. Et lorsque la caméra a montré son visage en gros plan, j'ai eu un vrai serrement de cœur : bien sûr, on l'avait maquillée pour la télévision, mais sur la tempe tremblaient toujours les petites veines bleues.

Je me demande ce que seront les cinquante-cinq minutes qui vont suivre. Des explications ? La résolution d'une énigme ? Bien sûr, j'ai lu le programme de l'émission de ce soir : "Les dérives sectaires." Est-ce donc là le fin mot de l'histoire ? La famille Delalande a-t-elle fait partie d'une secte ?

Ce qui me choque, peut-être, c'est que l'idée ne m'ait jamais effleurée. Et si l'explication se trouve là, comment Judith n'a-t-elle jamais rien dit ? Pourquoi n'a-t-elle pas cherché à me "recruter" ? Lorsque nous riions ensemble devant une blague glanée sur internet, avait-elle seulement le désir d'échapper à sa vie ? Et qu'aurais-je dû, ou pu, faire pour l'y aider ?

L'animateur sourit devant la caméra, je ne le connais pas, il a de grandes dents trop blanches pour être naturelles. Il procède d'abord à la présentation de ses cinq invités. Deux sont des professionnels. Le docteur N., d'abord, un homme âgé avec une petite barbe grise et des lunettes rondes ; il est, nous dit-on, spécialiste des "causes et des effets de la soumission". Et puis une femme d'une quarantaine d'années, vêtue d'un tailleur à la coupe sévère ; elle est représentante de la Miviludes, l'instance gouvernementale "de vigilance et de lutte contre les dérives sectaires". Les trois autres personnes n'ont pas toutes souhaité faire connaître leur patronyme : voici donc Matthieu, Lucas et... Judith Delalande (car Judith, elle, a insisté pour qu'on mentionne son nom complet). Tous trois sont des citoyens ordinaires dont on déduit sans difficulté qu'ils ont eu affaire, de près ou de loin, à une secte.

Les deux experts s'expriment à tour de rôle, tandis que les autres invités attendent sagement leur tour. Personne ne doit monopoliser la parole, l'animateur est vigilant. Il se tourne vers l'invité qu'on nous a présenté comme "Matthieu" (je suis certaine que ce n'est pas son vrai prénom). C'est un homme d'une cinquantaine d'années qui se tient recroquevillé dans son fauteuil. Il s'est cru obligé, pour paraître à la télévision, d'enfiler une veste et une cravate. Mais le nœud un peu lâche laisse voir un cou de poulet, comme s'il n'avait trouvé dans son placard qu'un vêtement devenu trop grand pour lui. Il bafouille, se reprend, hésite à nouveau – on sent qu'il ne s'agit pas seulement de timidité, ou de gêne devant la caméra. Cet homme qui a l'âge de mon père parle comme un enfant pris en faute, c'est pathétique.

– J'avais trente-deux ans. J'étais marié depuis trois ans et nous venions d'avoir un bébé. Un petit garçon. Je n'avais aucune raison de me plaindre mais… je n'étais pas heureux. En tout cas, pas profondément heureux. Il y a eu une rencontre… un hasard… J'ai eu envie de tout quitter. Nous nous sommes alors installés loin de Paris, dans une communauté religieuse…

– Connaissez-vous, Matthieu, les raisons qui ont entraîné une décision aussi radicale ?

L'homme baisse la tête.

– Je travaillais beaucoup, j'étais cadre dans une énorme entreprise, et je subissais beaucoup de pression : on voulait des résultats, et les objectifs qu'on m'assignait paraissaient chaque mois plus difficiles à atteindre… Je n'en pouvais plus, tout cela n'avait aucun sens. Ma femme ne me reconnaissait plus, je voyais à peine mon fils, j'étais au bord du burn-out, et sans doute assez déprimé. Et puis j'ai rencontré un adepte. Un homme de mon âge. Il paraissait… tellement équilibré, content de vivre, insouciant…

– Et cette rencontre a tout déclenché ?

– Oui, c'est cela. On m'a parlé de communauté, d'une vie simple et tranquille, dans laquelle tous les besoins seraient assurés par le groupe. J'ai vendu ma voiture et la maison que je n'avais pas fini de payer. Ma femme était d'accord pour me suivre : je crois qu'elle ne supportait plus de me voir dans cet état. Elle a un peu rechigné à l'idée d'abandonner tous nos biens, mais elle s'est laissé convaincre.

– Vous avez donc rejoint ce groupe…

– Dès notre installation, nous nous sommes sentis beaucoup mieux. Débarrassés de la pression, en quelque sorte. Bien sûr, nous devions travailler, je n'étais pas paresseux. Comme j'avais occupé un emploi avec beaucoup de responsabilités, on m'a confié un poste de coordinateur. Je travaillais, mais sans contrainte. Mieux, on me complimentait souvent… Cela ne s'était jamais produit auparavant.

– Deviez-vous honorer un culte ?

– Eh bien… Oui, dans un sens. Nous rendions grâce au Créateur qui nous avait permis de nous retrouver dans cette communauté. Il ne s'agissait pas vraiment de prières, plutôt d'actions de grâce.

– Et qui dirigeait la communauté ?

Le monsieur incline encore la tête. On sent que ses aveux lui coûtent.

– Nous obéissions au Maître.

Un petit silence s'installe sur le plateau. Matthieu a utilisé le mot "Maître", pas "gourou", mais tout le monde comprend ce qu'il veut dire. Devant l'écran, je sens monter ma colère : comment un homme apparemment intelligent peut-il céder aux sirènes d'une organisation fumeuse dont l'unique but consiste, c'est évident, à exploiter ses faiblesses en lui soutirant un maximum d'argent ? Une telle bêtise me met hors de moi. Il est vrai que je n'ai jamais pris le temps de réfléchir à ces questions. J'ai grandi dans un milieu où l'esprit critique était la norme, et j'ai connu souvent, en famille, de houleuses discussions au cours desquelles chacun, enfants compris, avait le droit de faire entendre son point de vue. Sans doute n'ai-je jamais mesuré ma chance.

Le journaliste est obstiné : il veut entendre la fin de la "confession" de Matthieu.

– Comment était ce Maître ?

– Oh, un homme affable, gentil, exigeant bien sûr. Lui aussi travaillait dur pour nous faire vivre tous ensemble…

Ben voyons ! Je ne peux me défendre d'un certain cynisme : faire vivre des gens à qui on a déjà tout pris, en se servant au passage, quel exploit !

– Et puis un jour… mes yeux se sont dessillés.

– Au bout de combien de temps ?

Je remarque que l'animateur a posé la question (dont il connaît certainement déjà la réponse) sans faire montre d'agressivité ou d'agacement. Intérieurement, je l'admire.

Dans un souffle, Matthieu lâche :

– Vingt et un ans.

Je sens ma fureur retomber pour laisser place à de la pitié. Ce pauvre type a tout perdu : son emploi, au début, et le haut salaire qui l'accompagnait ; sa maison, qu'il a sans hésiter "offerte" au Maître et à la communauté ; sa famille, enfin : son fils s'est enfui dès ses dix-huit ans pour disparaître dans la nature, et sa femme, qui a refusé de pardonner cet échec au père de famille, l'a finalement quitté.

Sur le plateau, personne n'intervient tandis que Matthieu achève le récit accablant d'une vie ruinée par sa bêtise et sa crédulité. Pendant qu'il se rencogne dans son fauteuil, la caméra se tourne vers le deuxième invité, Lucas, un homme d'une trentaine d'années à l'allure décontractée. Son histoire paraît plus simple, et sa responsabilité moins grande : Lucas a vécu trois ans, avec ses parents, dans un environnement millénariste.

Mais je n'écoute que d'une oreille : j'attends Judith.

La voici en gros plan. Le cameraman a dû repérer le battement de la veine, il n'arrête pas de filmer son visage de profil.

Je crains un instant qu'elle ne recule, comme autrefois lorsqu'elle laissait flotter son regard et ne répondait à aucune de mes questions. Mais Judith a changé. Sa nouvelle coupe de cheveux et la couleur vive de sa chemise ne sont que les signes extérieurs de sa transformation, et c'est ce que je constate lorsqu'elle se met à parler. Lentement, d'abord, avec quelques hésitations, mais elle trouve son rythme. Elle qui, enfant, ouvrait à peine la bouche, sera-t-elle vraiment capable de raconter sa propre histoire devant des dizaines de milliers de spectateurs potentiels ? Elle prend une longue inspiration.

9

– Je m'appelle Judith Delalande, j'aurai vingt ans dans quelques semaines, je fais des études d'assistante sociale. Lorsque j'ai appris que cette émission recherchait des personnes comme moi, je n'ai pas hésité un seul instant et j'ai proposé ma candidature : témoigner de mon histoire, cela m'a paru important. Je suis contente de pouvoir le faire.

Je le dis d'emblée : j'ai eu, les premières années, une enfance merveilleuse, dans une famille aimante et attentionnée. J'étais très entourée, d'enfants comme d'adultes. Nous avions une vie bien réglée, nous ne manquions de rien. Mes parents étaient stricts, mais nous ne subissions aucune violence, au contraire : nous avions tous compris qu'agir selon les codes qu'on nous imposait garantissait notre bien-être.

Je vais essayer de ne pas être trop longue, mais il m'est difficile d'entrer directement dans le vif du sujet…

Disons que, pour moi, les choses se sont gâtées à l'adolescence. Plusieurs événements m'ont amenée à réfléchir, et finalement à remettre en cause les principes qu'on m'avait inculqués. Mais je dois commencer par le commencement.

Nous venons d'entendre les témoignages des autres invités, Matthieu et Lucas. Le premier a fait un choix qu'il a regretté par la suite ; le second n'a rien décidé lui-même, il a simplement suivi ses parents. Moi je ne ressemble ni à l'un ni à l'autre.

Je suis née dans une famille tout à fait singulière, qui a hérité de traditions remontant au milieu du XIXe siècle. Nous formons une communauté dont tous les membres entretiennent des liens très proches : nous nous fréquentons beaucoup, et presque tous nous vivons dans le même quartier. Les pères de famille travaillent dur, souvent comme artisans, et souvent ensemble ; les mères, elles, sont femmes au foyer. Il ne leur est en aucun cas interdit de sortir ; au contraire, elles se retrouvent presque chaque jour pour faire le marché ou promener les enfants. Ma mère a eu douze enfants : autant dire qu'elle n'a guère eu le temps de souffler. C'est une femme austère mais affectueuse. Je ne l'ai jamais entendue se plaindre de sa situation. Je ne l'ai jamais vue triste ou abattue. Je crois que sa vie lui convient.

Dans cette communauté, il est normal d'avoir beaucoup d'enfants. En grandissant, les garçons font un apprentissage. Les filles, pour la plupart, quittent l'école à seize ans. Continuer n'aurait pour elles aucun intérêt, puisque toutes se destinent à assumer la charge d'une nombreuse famille. Ma mère s'est mariée à seize ans, ma sœur aînée est arrivée l'année suivante.

– Et vous ? demande l'animateur.

– J'ai passé mon bac l'année dernière. Et en parallèle le concours de l'école d'assistant social.

Judith fait une pause. Elle rassemble ses idées pour poursuivre.

– Dans ma communauté, nous sommes tenus à la modestie et à la réserve. Si notre mode de vie a pu perdurer, c'est sûrement grâce à notre capacité à rester discrets. Nous ne gênons personne, nous prenons soin les uns des autres, nous sommes soudés. Nous ne vivons pas cachés : les enfants vont à l'école du quartier et nous avons de bons rapports avec nos voisins. C'est seulement que… nous restons entre nous.

Judith parle, et je suis de nouveau fascinée par son calme, sa maîtrise d'elle-même, sa franche assurance. Son ton est posé. Elle ne se défend de rien, elle n'a aucune agressivité, elle parle sereinement, au plus près de la vérité. Soudain je revois, une fois de plus, l'enfant qu'elle a été, et je prends conscience que oui, c'est exact, Judith Delalande n'a jamais fait parler d'elle.

Judith reprend le récit de son enfance. J'attends des regrets, peut-être des récriminations, et c'est tout le contraire qu'elle nous dit. Elle parle d'une enfance "extraordinaire", au milieu de frères, de sœurs et de cousins innombrables. Elle raconte les dîners qui réunissent facilement trente personnes, pour peu qu'on ait fait venir un oncle et sa famille. Elle dit les dimanches après-midi au Bois, terrain de jeu à la taille du nombre de participants. Elle ne ressent aucune honte d'avoir appartenu à un univers si fermé : ce rempart bienveillant engendrait un prodigieux sentiment de sécurité.

– Pourtant, dit doucement le docteur N., vous êtes ici ce soir…

– En grandissant, j'ai commencé à me questionner, avoue Judith.

Mais elle n'en dit pas davantage.

– Comment rejoint-on cette communauté ? veut savoir Matthieu, qui depuis son intervention est demeuré totalement silencieux.

Judith sourit, pour la première fois depuis qu'elle est à l'écran – un sourire charmant, franc et ouvert, loin du rictus mélancolique dont elle nous gratifiait autrefois à l'école.

– On ne la “rejoint” pas.

Elle hésite une seconde avant de préciser :

– Personne n’y entre : on y naît, c’est tout.

– Mais alors, s’étonne l’animateur, comment une communauté qui n’admet aucun étranger a-t-elle pu prospérer au fil du temps ?

Tout à coup il y a comme un froid sur le plateau. Je vois les intervenants qui échangent des coups d’œil gênés. Car il suffit de réfléchir trois secondes pour comprendre où est le problème : comment fonde-t-on une nouvelle famille dans un environnement qui ne laisse entrer aucune personne extérieure au groupe ? La question du journaliste, évidemment légitime, laisse entrevoir des surprises à venir. Mais Judith ne se démonte pas, ne bafouille pas, ne rougit pas.

– Nous sommes nombreux, explique-t-elle. Nous nous marions entre nous, le choix est suffisamment large.

Cette information me donne le frisson, sans que je sache exactement pourquoi. Je pense soudain à cette notion apprise je ne sais où : la survie d’un groupe dépend en partie de l’arrivée d’étrangers dans ses rangs. On se marie hors de la famille, hors du clan, hors du village : c’est ce qu’on appelle, je crois, l’exogamie, et c’est ce que les pharaons d’Égypte ont un peu trop oublié en épousant leurs propres sœurs.

Je ne suis sûrement pas la seule à éprouver de l'embarras, car la dame de la Miviludes prend maintenant la parole. Et son intervention me glace. Elle tient à fournir quelques précisions car, explique-t-elle, la communauté de Judith fait l'objet d'une surveillance de ses services. Les enfants, surtout. Tous les membres du groupe descendent, en ligne directe, d'une dizaine de familles originelles. Dans ce milieu, il n'est pas rare d'avoir dix, quinze ou même vingt enfants. En principe, donc, Judith a raison : le choix est "suffisamment large". Mais tous restent liés par le sang.

– Le calcul est vite fait, conclut la dame d'un ton sec. Tous les mariages sont plus ou moins consanguins.

Un silence s'installe, le médecin toussote, le journaliste lève la tête vers Judith. Il connaît son métier, il doit provoquer les aveux de son invitée, coûte que coûte.

– Je sais à quoi vous pensez, reprend Judith. Vous connaissez les dangers qui guettent les descendants d'unions entre cousins germains. Des handicaps, des maladies, des malformations…

Judith laisse passer quelques secondes. Elle cherche les mots justes.

– J'ai eu onze frères et sœurs. Deux sont porteurs d'anomalies congénitales. Quand j'étais petite, leurs particularités ne m'ont jamais gênée. J'y ai vu le destin, ou la marque d'une volonté divine, une sorte d'avertissement... Je pensais que, peut-être, l'un de mes ancêtres s'était mal comporté et que la famille avait été punie... C'était puéril, bien sûr, mais j'étais une enfant. Et puis personne, autour de moi, ne semblait y attacher la moindre importance ; nous n'y prêtions pas attention et personne n'aurait eu l'idée de se moquer. Nous n'étions pas la seule famille concernée : une de mes cousines est atteinte, comme mon frère, de polydactylie, c'est-à-dire qu'ils ont six doigts à chaque main.

À cet instant, je ferme les yeux et vois distinctement le ballon et la main du petit frère, avec son doigt surnuméraire. C'est donc cela qui m'a tant effrayée autrefois.

– Un jour, tout a changé. J'étais entrée au lycée, j'avais seize ans, mon frère Jean presque dix-sept : c'était mon aîné de onze mois seulement, et certainement, de tous mes frères et sœurs, celui dont j'étais la plus proche. Il terminait sa formation de menuisier, il avait prévu de rejoindre mon père et mes oncles dans leur atelier. Je ne sais pas si cela, au fond, lui plaisait tant que ça, mais je ne l'ai jamais entendu se plaindre. En mai, Jean a travaillé sur un projet de meuble qui devait lui garantir l'obtention de son diplôme professionnel. Je me souviens qu'il en avait fait des dessins très précis, et que toutes les cotes des pièces étaient notées avec beaucoup de soin. Mon père a jeté un coup d'œil à ce travail préparatoire et n'a rien trouvé à y redire. Lorsque tout a été prêt, Jean a commencé la fabrication dans l'atelier familial. Mais ça ne s'est pas passé comme prévu.

Excusez-moi si je vous parais un peu longue, mais évoquer cette période est très douloureux... Un soir, Jean est rentré à bicyclette, comme tous les jours, en disant qu'il était fatigué. Mon père lui a fait remarquer en riant que, oui, travailler, c'était fatigant. La remarque n'avait rien de méchant, elle était faite sur un ton léger, et même notre mère a souri.

Au moment de s'asseoir à table pour dîner, Jean a fait un malaise. C'est-à-dire qu'il est tombé, d'un coup, au pied de sa chaise. Ma mère s'est précipitée en jetant un regard de reproche à mon père : quelle idée de faire travailler autant un débutant ! Voilà ce qu'elle paraissait lui dire.

Nous avons aidé Jean à se relever, il a ri avec nous de sa mésaventure et il a repris sa bicyclette le lendemain matin. Nous étions le 3 juin. Dans la semaine qui a suivi, Jean s'est évanoui deux fois, à l'atelier et dans la rue. Les pompiers l'ont transporté aux urgences. Le 17 juin, nous avons appris que Jean était malade. Leucémie aiguë.

Judith s'arrête pour déglutir. J'imagine quel courage elle va devoir puiser pour poursuivre son récit. J'aimerais être près d'elle pour l'entourer, la prendre dans mes bras, la serrer fort – pourtant je ne l'ai jamais fait autrefois, quand nous étions enfants, quand tout aurait dû être si simple et si limpide. Mais j'étais aveugle, ou stupide, ou tout bêtement ignorante. Et à l'âge du collège, j'étais comme tous les autres : surtout préoccupée de moi-même. Un peu plus d'affection ou d'attention de ma part, un peu moins de moquerie ou d'indifférence n'auraient sans doute pas changé le cours de la vie de Jean. Mais celui de Judith ? La tête me tourne un peu.

Judith relève le menton. Le cameraman ne la lâche pas.

– Jean est mort au début du mois de septembre. Mes parents ont continué à vivre et à prier, malgré leur chagrin. Mais moi, j'ai basculé. Je l'ai dissimulé comme j'ai pu. En apparence, je n'étais que triste. Comme tous les autres. Mais à l'intérieur de moi, un feu couvait. Je ne pouvais pas admettre. Bien sûr, la maladie peut frapper n'importe quel enfant, pas seulement ceux qui ont des parents consanguins. J'en étais consciente, mais cela ne m'aidait en rien. J'étais inconsolable, et très en colère.

J'ai commencé à réfléchir. Chez mon oncle, une de mes cousines était morte enfant : j'étais encore trop jeune, à ce moment-là, pour poser des questions. Mais je me suis renseignée : cancer des os. Elle avait cinq ans. J'ai compris que tous mes proches, toute ma famille couraient un danger mortel, et que personne n'avait l'air de s'en soucier. Pire : tout le monde connaissait l'origine de ce danger. Prendre le risque de voir mourir l'un de ses enfants était considéré par tous comme la norme. Une norme que je ne pouvais pas accepter.

Il m'a fallu du temps. Plusieurs années. Le chemin à parcourir m'a semblé long. Compliqué. Sans retour, surtout. Car tourner le dos aux miens, à leur mode de vie et leurs croyances aurait des conséquences. Le prix à payer était exorbitant.

Les yeux de Judith brillent de larmes contenues.

– Mais je n'avais pas d'autre choix : j'ai tout quitté. Le lendemain de mes dix-huit ans. Rien à voir avec un accès de colère ou un coup de tête. Ma décision a été mûrement réfléchie. Alors je suis partie et… j'ai cessé d'exister aux yeux des miens. C'est la règle, chez nous. On fait partie de la famille, ou on la quitte pour toujours. Je sais que je ne reverrai jamais mes parents. Mes frères et sœurs doivent prier pour moi mais n'espèrent rien. Je n'existe plus pour eux, et c'est définitif.

10

Le temps est suspendu sur le plateau d'*À cœur ouvert.*

– J'ai pris ma décision, mais c'est dur, reprend Judith avec des accents d'enfant dans la voix. C'est dur, répète-t-elle. Parce que les miens peuvent m'oublier, mais moi je les aime sincèrement. Tous.

Un terrible silence suit le récit de Judith. Même le journaliste paraît à court de mots. Je sens les larmes me monter aux yeux.

Le docteur N. intervient doucement.

– Vous avez grandi très en marge de la société. Et pourtant vous avez réussi à vous adapter…

– Je m'y suis préparée. Je ne comprenais rien au monde des autres, tout me paraissait effrayant ou trop compliqué. Mais après la mort de Jean, j'ai commencé à lire pour essayer de combler mon retard. Je passais des heures au CDI ou à la bibliothèque municipale.

– Et avant cela ? La perte d'un frère, à seize ans, est une épreuve difficile à surmonter… N'en avez-vous jamais parlé au lycée ? À des amis ? Au médecin scolaire ?

– J'étais encore comme… cadenassée. Rien ne sortait. Toute ma colère brûlait au fond de moi.

Le médecin insiste :

– Et encore avant ? Une telle indignation, une telle prise de conscience ne peuvent survenir en quelques jours… Elles devaient fermenter depuis des années… Ne vous êtes-vous jamais livrée à quiconque ? N'avez-vous jamais fréquenté personne ? Un autre adolescent en qui vous aviez confiance ?

Je sursaute. La question, cette fois, me concerne directement. Je revisite à toute vitesse mes souvenirs.

Je revois Judith attrapant maladroitement mon téléphone portable, découvrant les touches, apprenant lentement à taper un texte ou un numéro de téléphone ; ou encore s'extasiant sur les dessins d'une BD que nous avions regardée ensemble, assises toutes les deux sur mon lit.

Je retrouve, sur mon vieux portable, le sourire hésitant de cette fille qui, sans doute pour la première fois, se découvrait différente dans le miroir.

Je me souviens des questions dont je l'accablais, et de ses réponses évasives.

Je me souviens d'avoir espéré recevoir un jour un e-mail de Judith, et puis d'avoir renoncé.

Je me souviens de la main de son frère, de mon attitude horrifiée – et je me sens submergée de honte.

Je me souviens d'avoir catalogué ses parents dans la case "débiles" sans me poser davantage de questions.

Je me souviens des plaisanteries que je faisais, à table avec ma famille, lorsque je tournais mon "amie" en ridicule, et le sentiment de honte s'intensifie.

Je me souviens d'avoir laissé tomber Judith, par négligence, par lassitude, par incompréhension, par ignorance.

J'ai peine à me concentrer sur les propos de Judith, je suis tout enveloppée de mes propres regrets. J'aurais dû, j'aurais pu… Je fixe l'écran de mon ordinateur. J'ai les yeux humides.

– Il y a eu quelqu'un, dit enfin Judith, et mon cœur cogne dans ma poitrine.

Va-t-elle dénoncer mes manquements ? Je crains l'opprobre – mais je l'ai mérité.

– Il y a eu, par intermittence au cours de ma scolarité, une fille… À plusieurs reprises nous nous sommes retrouvées dans la même classe. Elle s'intéressait à moi, j'ignore pourquoi. Elle me bombardait de questions, cela me gênait ! Et puis elle était si obstinée… Mais moi, je refusais le contact, je restais bouche cousue, je ne lâchais rien, ou alors des bribes… Je me serais sentie déloyale en lui répondant. Je me serais sentie… coupable de trahison envers les miens.

Judith sourit. Je sais qu'elle pense à moi.

– C'était presque de l'acharnement ! reprend-elle.

Le ton est léger, Judith n'est pas vindicative. Son sourire s'élargit.

– Cette fille voulait devenir mon amie. Je l'intriguais, bien sûr, mais elle essayait de me comprendre. Oh, ce n'était pas grand-chose, sans doute. Nous n'étions que des enfants, mais elle a, en quelque sorte, entrouvert une porte. En me mettant en face d'une réalité dont j'ignorais tout, elle m'a fait entrevoir un monde que je ne connaissais pas. Son obstination, au fil des années, sa patience, ses questionnements incessants et son incroyable ténacité m'ont servi de leçon. Car en me montrant une voie différente, elle m'a insufflé sa force.

Ouvrage réalisé
par l'atelier graphique Actes Sud,
reproduit et achevé d'imprimer
en avril 2025
par Normandie Roto Impression
à Lonrai
pour le compte
des éditions Actes Sud,
Le Méjan place Nina-Berberova,
13200 Arles.

Dépôt légal
1re édition : mai 2025

N° impr. : 2501291
(Imprimé en France)